martine

apprend à nager

d'après les albums de Gilbert Delahaye et Marcel Marlier

casterman

Aujourd'hui, Martine
s'inscrit au club des Tritons.

Elle fait la
connaissance
du moniteur et
d'Anne-Marie, Suzanne
et Frédéric, ses copains
de cours.

Mais d'abord, on passe
sous la douche !

Avant d'apprendre à nager, il faut s'habituer à l'eau. Patapouf déteste ça !

Première leçon :

on joue tous ensemble
à qui trouvera le collier
de coquillages au fond
de la piscine. Rien de plus
simple, à condition de
savoir ouvrir les yeux
sous l'eau.
C'est Martine qui repêche
le collier !

Ensuite, Suzanne
explique à Martine
comment flotter.

– Mets-toi sur le dos,
allonge les jambes,
et tends tes bras le long
du corps. Laisse-toi aller.
N'aie pas peur,
je te tiens. Voilà !

Tu fais la planche.

Deuxième leçon :
on apprend à faire la flèche.

– Lance-toi dans l'eau,
le corps bien à plat,
droit devant toi et
le plus loin possible,
dit le moniteur.
Les jambes et les bras
doivent être parfaitement
tendus.

– Que c'est gai, pense Martine.
Je ne coule pas,
j'avance dans l'eau
comme un poisson !

De la troisième à
la septième leçon :
on apprend les mouvements
et on s'exerce à respirer
correctement.
Martine est déjà
une vraie sirène !

Appuyée contre le bord de la piscine, Martine s'entraîne à bouger correctement les jambes. Il faut amener les pieds contre le corps, puis allonger les jambes, puis...
Martine s'embrouille, et finit par taper des pieds sur l'eau.

Toutes ses copines l'imitent.

Quel vacarme !

Quand on a compris
les mouvements
des jambes, on
s'exerce à bouger les bras.
Il faut les allonger, puis
les mettre en croix,
enfin ramener les mains
sous le menton.
Encore une fois.

Ce n'est pas facile !
– Respire en mesure, conseille le moniteur à Martine. C'est important, sinon tu vas rapidement t'essouffler.

Martine s'applique.
Encore trois ou quatre leçons, et elle pourra nager la brasse dans la grande piscine.

Maintenant, Martine sait nager. Le moniteur lui explique comment plonger,

mais elle hésite longtemps,

cramponnée au bord.

Martine a un peu le trac.
– Va-t-elle se décider ?
se demande Patapouf.
Il imiterait volontiers
sa maîtresse, mais les chiens
ne sont pas autorisés à
plonger dans la piscine.

Martine se lance enfin !
Plonger pour la première
fois, c'est angoissant.
Il ne faut pas tomber à plat
ventre, mais pénétrer dans
l'eau sans bruit,
en souplesse.

Plouf !

Gare aux éclaboussures.

Patapouf est tout trempé !

Quand on sait nager,
on se sent léger.
On plonge ici, on ressort
là-bas, on fait du "sur place".
Le plus amusant, c'est de
se laisser basculer en arrière
en n'oubliant pas
de boucher son nez.

Et hop ! Ça fait un peu peur la première fois, mais quand on a réussi, quel plaisir de recommencer.

Après plusieurs semaines d'entraînement, Martine a reçu un brevet.

– Martine rime avec piscine,
a dit le moniteur en
la félicitant.
– Et Tritons avec champions
et compagnons...
a répondu Martine.
– Vive la piscine des copains
et copines ! ont clamé en
chœur les petits nageurs.

Titres disponibles

1. **martine** petit rat de l'opéra
2. **martine** un trésor de poney
3. **martine** apprend à nager
4. **martine** un mercredi...
5. **martine** la nouvelle élève
6. **martine** a perdu son chien
7. **martine** à la montagne
8. **martine** fait du théâtre
9. **martine** a une étrange voisine
10. **martine** en classe de découverte
11. **martine** se dispute
12. **martine** déménage
13. **martine** et le cadeau d'anniversaire
14. **martine** monte à cheval
15. **martine** la nuit de noël
16. **martine** est malade
17. **martine** fait ses courses
18. **martine** et un chien du tonnerre
19. **martine** et les lapins du jardin
20. **martine** en bateau
21. **martine** à la mer
22. **martine** et les fantômes
23. **martine** au pays des contes
24. **martine**, princesses et chevaliers
25. **martine** à la maison
26. **martine** et le chaton vagabond
27. **martine** à la fête foraine
28. **martine**, l'arche de Noé
29. **martine** garde son petit frère
30. **martine**, la leçon de dessin
31. **martine** et l'âne Cadichon
32. **martine** fait de la bicyclette
33. **martine** dans la forêt
34. **martine** et les marmitons
35. **martine** au cirque
36. **martine** en voyage
37. **martine** la surprise
38. **martine** baby-sitter
39. **martine** fait du camping
40. **martine** et son ami le moineau
41. **martine** se déguise
42. **martine** protège la nature
43. **martine** fait de la musique
44. **martine** prend le train
45. **martine** en vacances
46. **martine** en montgolfière
47. **martine** au zoo
48. **martine** et le prince mystérieux
49. **martine** en avion
50. **martine** fête maman
51. **martine** à la ferme
52. **martine** et les quatre saisons
53. **martine**, vive la rentrée !
54. **martine** fait la cuisine